흘러간 그 세월의 추억

흘러간 그 세월의 추억

김종복 지음

맑은샘

목차

1부 계절季節

2부 지명地名

3부 가족家族

4부 농사農事

5부 관계關係

6부 우정友情

7부 푸념

1부

季節

계절

바람과 단풍

바람아 바람아
솔솔 부는 바람도 불지 말아라.

저 고운 단풍
봄에 움 싹 틔워

긴긴 여름에 고이고이
이제 곱고 곱게 물들여 놓았는데

다 떨어지면 저 떨어진 바닥 단풍
나의 마음에 묻히려 하네
겨울 준비 쓸쓸함에 어디로 가나

세월歲月이 변하는 것을 비유적으로 또한 고운
단풍 살랑 부는 바람에도 우수수 떨어지는 것이
힘없는 우리네 인생살이 같기도 하다.
떨어진 단풍이 나무와 뿌리 덮고 찬 바람 불어
오는 겨울 준비 한다.

시월과 동짓달

더위에 헐떡이던 계절
언제 이런가 하였더니
참 좋은 계절의 시월

곳곳에 마을마다
붉은 단풍 물들여 놓고
시월이 가면 동짓달

그 곱던 단풍잎 떨구어
바닥에 깔고
나 살포시 밟으라 했나

동짓달 끝자락
동동설凍冬雪 맞을
준비하라 하는가

가을이 오지 않을 것 같았던 여름,
시원한 가을 기다렸더니 가을에 단풍을 예찬禮讚
하며 계절의 변함과 무상함을 예찬하는 것이며
곧 겨울이 올 것이니 겨울 준비하라는 것인가

울리는 저 바람

팽팽히 매어진 전깃줄
춥다고 운다
장맛비 태풍 바람에도 울었는가

오늘은 유난히 더 크게 울기에
나가 보니 우산도 날아가네
저 우산 설 우산으로 이름 바꾸어야지

어제도 편안하고 온화하던 나뭇가지
바람에게 애원한다.
내 가지 찢어진다고 운다.

한계령 고개 바닥에
자갈 모래 힘도 거세지
다 긁어 모은다

홀러간 그 세월의 추억

저 바람이 합창으로 윙윙 씽씽 휙휙
바람에 울고 날리고 있으니
볕이 해결 중재한다.

폭풍우 산들바람 바람이 불면 꼭 무슨 일이든 생긴다.
나무도 쓰러지고 꽃가루를 날려 잉태시키고 배도
나아가고 특히 여름에는 선선함을 선사한다.
모래도 모으고 나뭇잎도 모으고 태극기 펄럭이고
바람은 여러 가지를 하며 이룬다.

안개와 갈대꽃

저 산 아래 저 안개
안개도 부드러운 느낌 좋은가

갈대밭으로 살며시 스며들더니
갈대밭에서 갈대꽃 애원하듯 휘감는다

갈대꽃이 좋은가 봐
습기까지 안겨주며

같이 가려나
덩치 큰 햇님 밝으니

안개 아쉬워 살며시
어디론가 소리 없이 흩어져 가네

가을의 꽃 갈대 가을 안개 조화를 이루는 것은
신비로우며 햇님의 위대함에 안개는 소리없이
사라지며 햇님 습기 말러니 갈대꽃 다시 오라
흔들거린다.

아침의 풀잎 이슬

아침 이슬 머금고
마르나 하였더니

우두두둑 비 떨어져
다시 너의 풀잎 끝에

맺더니 물 찰까 두려워
어느새 쑥 자랐나

비 그치고 풀잎 끝에
달려있는 저 모습

참 아름답고 영롱玲瓏하니
나의 마음도 어느새 맑아지네

맑은 이슬이 많이 내리면 날씨는 맑고 청명한데
이슬이 마르자 빗방울 떨어지면 우리네 사람은
잘못 알고 있었네. 빗방울 떨어지면 모든 식물은
갑자기 쑥 자란다는 것을...

해 숨으려

나는 힘이 장사다.
해 숨지 못하게 해 보아야지

하던 일 저만큼 남았는데
해 못 가게 잡는다

그래도 해 어느새 그늘과 그림자와 같이
서산에 걸치고

으스레 어둠이 깔리니
밤벌레 달 뜬다 하며

나오더니 나보고
밤이 더 좋다고 하라 하네

우리의 힘은 너무나 연약하다 해와 달 그 속에서
해를 아끼고 달과 더불어 살아갈 뿐이다.
자연으로 돌아가니 당연하게 살아간다.

기다림

산수유 너는 나 기다림 알고
눈 얼음 속에서도 그 아름답고
온화한 노란 꽃망울 마음에 담아

내게로 살포시 찾아와
봄 알리니 이제 너 닮은
꽃 줄줄이 피어나

들려오니 이제 봄노래
줄지어 나오기 시작하네
우리 언제나 같이하자

흘러간 그 세월의 추억

모든 식물과 나무 들은 필요한 계절에 밖에
공기와 볕을 받으려 땅 밖으로 나온다.
봄의 첫 꽃 개나리, 동백꽃 산수유 피어나면
꽃 소식을 저마다 알려 온다.
듣는 우리들 마냥 즐겁다. 우리가 살아가는 모든
이치에 맞게 흘러간다. 우리네 삶은 봄을 기다린다.
봄은 시작이며 저마다의 어떠한 모두의 희망이다.

약한 달

어둠이 깔리니 둥근달
살포시 우리 동네에 내밀더니

나- 밤맞이 준비하니
저 둥근달 휘영청 밝아

저 소나무 가지에 걸려
머무르며 노닐려 하나

원래 우리 동네 달은 약하여
소나무 가지에도 걸리나

해 밝으면 어찌하려고
마음속 깊이 기다리며

밤마다 노닐려 오시려나
살며시 기다려지네

흘러간 그 세월의 추억

어느 날 보름달 둥글게 떠오르면 대낮같이 밝혀
못다 한 하루 일 마무리하라고 하는 것 같다.
내일도 또 다음날도 저렇게 밝게 떠 준다면 상상
해본다. 달 다시 쳐다보니 저 월송月松에 걸쳐
있는 달 바라보다 잠에 들어간다.
다음 날 새벽에 일어나니 둥근달 어느새 서산에
걸치고 지금도 저 소나무에 걸쳐 있으면
곧 해 밝으면 보름달 퇴색될 텐데 하며 나 생각한다.
게으르지 않고 일하며 살아가야 하는 이치理致
구나 하며 또 깨닫고 열심히 살아 보려라 한다.

그네

동네 어귀 저 큰 나무는
여름에는 그늘을 만들고

장마에는 홍수를 막고
늦봄의 수릿날에는 그네를 매어

날고 싶은 마음을
허공虛空에 빌고

마음의 소원을 멀리멀리
들리게 알려 본다

그네 아낙들 돌아가면
서산 해 지려니

저 그넷줄 내년에는 두 줄 더 매어 아쉬움
없이 하리라 생각에 젖어본다

흘러간 그 세월의 추억

동네 어귀에 커다란 동네를 지키는 나무.
강어귀에 우뚝이 당당히 서 있는다.
무서운 장마철에는 전답을 다 쓸어가려는 듯
물이 늘어나도 용감히 굽히지 않고 동네 어귀를
지키고 수릿날에는 그네를 매어 힘껏 날아
근심을 날려 보내려는 듯 강 중간까지 날아가면서
소리를 내면 한을 하늘에 하소연한다.
여름에는 그늘을 그들을 다 덮을 것 같은 그늘에
나그네 쉬어가네.

올챙이와 개구리

강하게 견디어라 이른 봄
얼음 속에 내어놓는다

어미에 보살핌 없이 뭉쳐
수십일 어미 닮으려 변해 가며

곤충을 먹이로 살아가며
개구리알을 낳고 올챙이로 변해 가면

어미 개구리 쇠약해져 있으며
천적에게 나 여기 있다

개골개골 울어댄다
어린 개구리 보호하려는 것 같다

개구리 이른 봄에 알을 내어놓는다.
어미 개구리 가까운 곳에서 부화를 기다린다.
알에서 올챙이로 부화되면 이제는 각자 돌아다니
며 먹이 사냥도 스스로 한다.
조금씩 자라면 발이 나오며 어미 모습을 닮아 간다.
그러면 어미 개구리 나 여기 있다 울어댄다.
개굴개굴 어린 개구리 천적으로부터 보호하려고
울어대는 것 같다.

섶다리

섶다리 다릿발을 양쪽에 세우고
가름목을 연결하고 평대를 놓고

솔가지를 평대 위에 깔고
여러 해 자란 뗏장을 떠서

뒤집어 깔면 목교 완성이다
동네의 최고 연장되시는 분이

곡예사 되어 먼저 건너시면
일 년의 개통 식으로 가늠한다

이제 저 섶다리로 곡식섶 섶나무짐
큰 가교 역할을 한다
섶다리를 건너는 사람은

다 곡예사이다
떨어지면 아니된다
안전대는 전혀없다

우리 삼동네는 다리가 없다 그래서 가을이면
섶다리를 설치한다. 그 섶다리를 건너려면
참으로 위험하다.
좁은 다리 상판은 뒷장면이다.
안전대 하나 없이 아낙네들도 건넌다.
바람 부는 날이면 참으로 위험하다.
그래도 어쩔 수 없이 건넌다.
소 돼지는 추워도 강으로 건넌다.
날씨가 추워져 얼음이 얼면 강 전체가 위험한 다리다.
겨울이 가고 봄이 갈 무렵에 장맛비 내려 물이
많아지면 그 목교는 흔적 없이 떠내려간다.
그래서 그 가을이면 다시 목교를 설치한다.

단풍의 발자국

너의 발자국 소리
너는 들리지 않느냐
소리가 없어도

엊저녁 가을 녘 길에
연붉은 붉은 색
수를 놓아 깔아 놓고

나랑 같이 가자 하여
마중 나가니

사립문 열리여
너를 보니

너 너무나
영롱함에 같이 가려
길을 나선다

흘러간 그 세월의 추억

가을 하면 떠오르는 단풍 단풍은
우리들의 고운 마음 같아라 물들이는 것 같다.

나 희망의 봄으로

추운 겨울 가라 하고 봄 맞으니
새싹에 꽃으로 마음 가득 담고

추운 겨울 웅크리고 있는 나
안쓰러워 같은 시간에도

가는 길 환히 밝혀주고
가벼운 옷으로 갈아입으라 하여

추워 보이던 그 봄옷
산뜻하게 보이네

우리 다 같이 봄을
사랑하는 것인가 하네

홀러간 그 세월의 추억

아직도 아침마다 얼음은 얼어도 계절도 잊었는지
찬 기온에 물기를 올려가며 나 울적할까 봐
꽃망울 터드리고 다른 꽃들도 겨울 가는가 보다.
서둘러 꽃망울 준비하네.
우리네 삶도 봄맞이 준비에 희망도 함께 하여 본다.

흐르는 세월歲月에

그 옛날 섶다리 놓아 건너
오십 년
이제 돌아와 보니 섶다리
간데없고

섬돌다리 튼튼히 놓이고
이 돌다리 건너며 그 옛날
아련히 생각나고 이제 이
돌다리 건넌다고 하니

또 다른 다리 있다네
말없이 바라보니
허공虛空 다리 놓아지면
나 멀리 돌고 돌아 바라보아야지

흘러간 그 세월의 추억

그 옛날에는 시골로 들어가면 섶다리 많이도
놓였는데 이제는 그 섶다리 튼튼 섬돌다리 놓이고
이제 무슨 다리 놓일까 임에게 물어보니 나의
얼굴 한번 바라보고 허공虛空다리 놓인다네.
나 그 다리 바라만 보려 하니 조금 더 듣고
돌아보련다.

땅 밑 천둥소리

나 나간다 이름 외치며
언 땅 미워하며

이름 없는 봄소식 없고
서로 나 보아달라 외친다

너의 몸 보여줘도 고마운데 꽃까지
선사하며 보여주고

나도 너 삼 계절季節
너만을 바라보며

그 즐거움같이 하리라 한다
한겨울 지나면 또 우리는

겨울이 끝나기도 전 모든 식물들은 땅 밖으로
나오려 하며 순서는 지키고 나오려 한다.
이미 꽃을 들고나오는 노란꽃 흰꽃 우리네 여러
색의 꽃을 좋아하니 그러한지 여러 색대로
꽃으로 피어난다.
여름에 우리 함께 즐거울 가득 안고 삼계절 같이
하다 가을에 결실을 남기고 내년을 기약하며
시들고 단풍 떨구며 한 계절 쉬기로 하는지...

춘우

춘우 아버지 감자 시집 보낼까요
한동寒凍이 안 온다 했나요
확실히 모르는데 간대요

그리고 우리 감자는 시집가도
건강하게 잘 살 거여요 추위에 잘 견디잖아요
그래요 보냅시다 그래야 살림에 보탬이 되지요

춘우 아버지 운분雲霧이 오늘 놀러 온대요
오라고 그래요 춘우도 같이 온대유

하우夏雨 아버지 화두오곡禾豆五穀이도
마저 보낼까요 수릿날 오기 전 보냅시다
맥麥에게 갈색으로 언제 바꿔질 것이냐고
물어보세요 그 모습 보고파 지내요
우리 아이들 얼굴빛 바꾸어 보려고요

흘러간 그 세월의 추억

그러면 와蛙도 올챙이도 우리 화수禾水에 와서
놀아라 하지요 그래서 오라 했다오

춘우 아버지 올겨울에도 설雪 친구도
고드름 안고 또 오려나
해마다 오는데 오겠지요

봄이면 농부는 가장 먼저 감자를 밭에 파종한다.
감자는 3월 말이면 파종하여 감자에 싹이 트면
얼고 눈이 내리는 경우도 있다. 그래도 감자는 잘
견뎌 초여름에 수확을 먼저 한다.
그러면 일단 식생활에 도움이 된다.
보통 모내기와 콩을 심는 시기는 망종芒種 전에
모든 곡식을 파종한다.
보리는 누렇게 익어가면 아버지 어머니 안도의
모습 서린다. 모내기를 하면 올챙이도 많이 자란다.
그러면 논에 들어와 먹이 사냥을 하며 자란다.
이렇게 무더운 여름은 시작된다.

2부

地名

지명

겨울의 빨래터

여름에는 그냥 지나쳐도 겨울이면
수호신守護神이 점지해 주셨나

그네 터 나무 밑에는 온수같이
온溫 김이 나는 빨래터

모락모락 솟는 물에
아낙들 겨울 빨래를 한다

솟는 물에 동네 이야기 같이
솟아나고 다음 날에는

저마다 얼굴이 밝아지니
빨래터 이야기

빨랫거리 만들어
아낙들 동네 이야기 피어나고

🖋

동네 어귀에 겨울이면 얼지 않는 물이 솟아난다.
빨랫돌 여러 형태 댓개 놓여 있고 먼저 가는 아낙
좋은 빨랫돌 차지한다. 등에 아이가 칭얼대고
장작 두어 가지씩 가지고 오면 빨래를 삶고 땟물
빠지면 다시 헹구어 담고 동네 뉴스 전해 진다.
신랑들 아이 시부모 험담하며 그 겨울 빨래를 한다.

신기루

잠에서 깨어나면
오늘은 무엇을 할까 하니
두 단어가 먼저 떠오른다

할까와 해야지
참 좋은 말 좋은 생각 같아지고

할까는 희망에 다가서고
해야지는 희망을 얻은 것 같다.

나 오늘부터
할까를 해야지로 바꾸려 한다.

무엇을 하려 생각하면 참으로 즐겁다. 하고 나면
더 기쁘고 즐겁다. 잠들기 전 잠시 내일을 생각한다.
결정되면 기쁜 마음에 잠으로 들어간다.
우선 꿈에서 성취로 꾸어진다. 아침에 일어나면
분주하다. 계획서 작성 준비 여러모로 그러나
생각대로 이루어지지는 않는다. 그러나 오늘 밤
다시 성공의 꿈을 꾸어 본다.

청계천 섬돌다리

모든 것 다 모아 보내는 곳 같았던 청계천
가슴 열고 도려내니

이제 민낯을 보듬으니
흐르는 물에는 물고기 물오리 같이 놀자 하고

섬돌 건너기 전 무슨 동
섬돌다리 건너니 무슨 동

볼거리 상점 즐비하고
무지개구름도
놀러 오려 망을 본다

우리는 다 같이 어여 오라
손짓한다

　　　　　　　흘러간 그 세월의 추억

얼마 전에도 청계천 복개하고 복개 위에는
고가도로가 놓이고 천개천을 복구가 어려운 모든
오물이 여기저기서 모여 한강으로 흘러 들어간
것을 이제는 청계천뿐 아니라 모든 것을 거의
철거하여 시민공원으로 탈바꿈한 것에 참으로
좋은 환경.
멀리 아니 가고도 휴식 공간 쉬러 나간다.

변하는 다리

섶다리 만들어 놓아 건너
오십 년 돌다 돌아와 보니

섶다리 간곳없고
섬돌다리 튼튼하게 놓이고

비 내리면 잠수하였다 곧
얼굴을 내밀고 건너라 하네

이 섬돌다리 건너면 이제는
무슨 다리 놓여질까

허공虛空다리 놓아지면
많이 많이 돌다가 허공다리
앞에 서 보아야지

흘러간 그 세월의 추억

60년 전에는 어디를 가도 섶다리 놓아 건너고
하였는데 이제는 그 다리 전시품으로만 남고
이제는 비 많이 내려도 튼튼한 다리 놓여지고
이 다리 말고도 또 다른 다리 있는 것 같다.

미녀상

병실에 누워 바라보면 저 멀리
아름다운 여인이 하늘을 바라본다

예쁜 코는 낮고 아름다운 눈은 지그시 감고
낮은 이마는 편안함을 느껴지게 하고

머리숱은 고생의 흔적인가 듬성듬성
입은 살포시 다물고 뾰족한 턱은

날카롭기보다는 누구를 유혹하는 듯
긴 목이 쓸쓸하여 목도리 둘러주려 하니

아무런 반응도 없네 눈 내리면
봄 생각하며 견디어 주려나

아무리 쳐다보아도 참 예쁜 저 모습
비 내리고 흐린 날에는 어디로 가는지

보이지 않고 밤 되면 집으로
가버리고 늦잠꾸러기 이런가

종일 나와 놀아 줄 때 바라나
종일 창 너머로 보아도
눈 돌리기 싫다

✒️

의정부 을지대 병원에 입원하여 뒤창을 누워서
바라보면 맑은 날 아침 회진이 끝나고 좋은 결과
든 나쁜 결과든 시간이 흘러야 낫는 병, 우울함을
가지고 뒤창 바위산 바라보면 한 여인이 눈을
감고 누워 있다
누구나 그럴 수 있는 아름다운 여인이 누워 있다.
머리는 빠져 듬성듬성 나 있고 목은 허하여 추울
것 같다.
낮은 이마는 아주 온화해 보이고 턱은 뾰족하지만,
어이 빨리 퇴원하여 가정으로 돌아가라고 유혹
하는 것 같다.
안개 끼고 눈비 내리면 그날은 어디로 숨었는지
보이지 않고 이 추운 날에도 봄을 그리며
그대로 있다. 우리의 곁에 있다고

3부

家族

가족

비녀

색동저고리 감색 물
곱게 곱게 물들이고
풀 먹여 고이 간직하시더니

창포菖蒲에 머리 감으시고
살 좁은 참빗 머리 곱게 빗어 내리시고
가르마 반듯이 가르시고

은銀비녀 꽂으시고
풀 먹인 치마저고리 불 다리미
매끈하게 다리시여

차려입으시며 아직도 수줍게 웃으시니
너무 곱고도 고우십니다
나의 어머니여서! 그리고 고맙습니다

우리의 옛 옷의 곱고도 고운 우리의 멋진 옷의 문화,
돌이켜 생각하면 세월이 흐르면 흐를수록 더
정겹고 아름답습니다.
정겨움 더 생각하게 하는 우리의 한복,
우리들의 어머니

아버지의 화롯불

웅크리고 잠을 자려 하니
방바닥이 차다
웅크리고 있다가
꿈을 꾼다

추위에 덜덜 떨다
집에 돌아오니 회색 화로에
된장이 바글바글 끓는다
한 수저 떠먹으려니
앗 뜨거워하고 눈뜨니 꿈이었네

바닥은 어느새 따뜻하다
살며시 문틈으로 내다보니
아버지 화로에 불을 담으신다

예전에 농어촌의 주택은 나무로 기둥 세우고
수수깡 칡으로 엮어 진흙을 개서 바르고 마르면
흙으로 재벌 바르고 새색시 방에는 도배지
바르면 그것이 난방의 구조이다. 흙이 마르면 밖이
보일 정도다. 그래서 화롯불은 기본이었다.

맥질하기

울 엄마 진흙을 가져
오라 하신다

진흙을 물 자백이에 물을 붓고
진흙을 손으로 풀어 놓으시고

헝겊으로 물흙을 묻혀서 갈라진
부뚜막에 문지르신다

어느새 뽀얗게 마르며 고운
부뚜막으로 변해 가면

맥질 전 깊게 패인 엄마의 손등 얼굴과
맥질한 부뚜막

그 부뚜막을 보면
엄마의 얼굴과 같이 겹쳐 보인다

옛날 시멘트가 귀하던 시절에는 흙으로 집을
짓고 집을 수리하였다. 전면에 벽면도 귀한 손님이
오시기 전 흙으로 맥질을 한다. 특히 부뚜막은 불이
닿는 곳이니 가끔 맥질을 하여 청결하게 하였다.

연지 곤지 찍고

수줍음 가득하던 새색시
연지臙脂 마르기도 전에

시집살이
손에 물 마를 날 없더니
자녀 생긴다

동네잔치하고
그 자식 속 썩이나 했더니

시집 장가가니 손주 손녀들
재롱보다 눈 가다듬고 보니

머리에 흰 눈이 성성하고
동네 어귀에 곳집이 힐끔힐끔 보이네

그 곱고도 곱던 젊은 시절,

어느새 이렇게 세월歲月은 흘러가고

그 수줍던 그 시절 어디로 가고 생각나는 것 한恨.

하나의 그 마음 가슴에 남아 간직하고 미움과 곱던

모든 것, 가슴의 한 응어리로 남고 동네 어귀에 저

집에 간직한 것 사용할 날을 생각한다.

아이의 울음 얼굴

개구리 첨벙 저 달 힘없이
일그러져 깨어진다

어린아이 울 것 같은 얼굴
우리는 알고 있는데
물이 일렁이는 것을

저 아이는 참 순진하다
저 달이 깨어지고 부서지면
어찌하나

저 아이는 얼굴에 울음 담는다
그 물가를 다시 가서 확인하고
아파하는 저 아이

며칠 후에 저 아이 가 보니
이즈러진 달 조각 찾으러
주변을 맴돈다 저 아이 저렇게 자란다

달이 밝아서 우리 아이 손잡고 냇가에 가니 잔잔
한 물 위에 휘영청 밝은 보름달 비추는데 갑자기
개구리 한 마리 첨벙 뛰어드니 물이 울렁인다.
둥근달 산산이 일그러지니 우리 아이 달이 부서져
일렁이니 울음 얼굴 하기에 얼진 우리 아이 엎고
집에 들어오니 며칠 있다가 그 냇가에 가자 하여
다시 나가보니 어느새 달은 반달로 변한 달, 물에
비춘 것 보고 나머지 달 없어진 것이 슬퍼하는
얼굴 보며 우리 아이 이렇게 자란다.

솔기

옷을 깁는다
이불도 깁는다

우리 어머니 솔기 부분
헐으면 헐지 않은 부분

가위로 잘라내시어
솔기 하여 또 내어주신다

우리 어머니 훗날 이러한
글 쓰라고 솔기를 하시었나

솔기 이야기 속에 어머님
생각에 눈물 소매 젖는다

흘러간 그 세월의 추억

낮에는 밭에 나가시어 일하시고 밤에는 희미한
등잔불 밑에서 뜯어진 옷 꿰매시며 우리 아들
밥은 굶지 않는지 걱정뿐이시던
나의 어머니, 한뜸 한뜸 밤을 지새우신다.

뭇소리 왁자지껄

뭇소리 속에는 왁자지껄
소리가 난다 역사 이야기

흉보는 말 정치
막걸리 한 사발에

목소리 자랑하듯 뭇소리
점잖은 저분은 이리저리

뭇소리 듣는다.
시간이 더 흐르니 다툰다

서로 화를 내며 돌아들 가신다
다음날 해장하신단다

어제 일 말하니 내 그랬나 하고
얼굴 돌린다 쑥스러워서

뭇소리 시장에 들어서면 왁자지껄하다.
사람이 살아가는 소리다. 주막酒幕에 들어가면
또 왁자지껄하다.
술값에 고성도 포함되었는지 주인장 그냥 웃는다.
본인도 시끄러우면서도 옆자리 보고 조용하라
하더니 다툼이 일어난다.
홧김에 여기 한잔 더 주세요 한다.

어머니

어머니 내 이 작은 붓끝으로
어머니의 마음을 그릴 수 있고

쓸 수 있다면 하늘을 바라보며
한 별씩 점 남기며 마음의 글

거룩하신 어머니의 그리움 가득 담은
책에 글 옮기여 노래 불러 볼게요

그리운 나의 어머니
가신 어머니 생각만도 눈물 가득 어리네

엄마와 어머니는 조금 차이가 있는 것 같다.

엄마는 응석을 남기고 그냥 무엇을 하여도 될 것 같은 어머니는 먼저 그리운 마음에 표현을 눈물로 대신한다.

어머니 어떠한 높임으로 불러 보아도 높임의 뜻과 생각 없는 것 같다. 어머니의 그 한마디로 나 용기와 진실함 마음에 심는다.

다듬잇돌

똑딱 똑딱 똑딱
소리의 간격은 같은 간격으로

우리의 옛 여인네들의 다듬잇돌
소리에 집에 들어가면서

멀리서도 들려오는 그 정겨운
다듬잇돌 도닥 도닥 소리를 들으면
참 정겹고 포근하고 온화해진다

두 여인이 서로 마주 앉아 다딤잇돌
소리는 구성지고 애달픈 노래와 같다

옷감 이불감을 통으로 끊어와 옷감 이불감을 원하
는 규격으로 재단하여 한번 삶아 빨아 풀을 먹여
다듬잇돌에 올려놓고 아낙네들은 해 뉘엿뉘엿
서산에 걸치면 시작한다. 저녁때라는 것을
알리는 것 같고 나갔던 식솔 어여 들어오라는
정겨운 저 소리 아낙들의 애한哀恨이 서리는 다듬
잇돌 소리, 사내들은 그 애환을 이해하려나 해본다.

임과 생

나의 임 있으매 생을 보았고
생을 보매 길의 등불을 얻어 알고

생의 인도에 새로운
기쁨 희망 길 보이고

오늘 하루도 생각하는
하루 만들어지고

오늘 하루는 새로운 생각에
감흥感興하는 날
시간 되어본다

나의 임 하늘에서 맺어지니 모든 것 다 나누고
나의 임 행복하게 나의 길 보았고
어느새 나와 뜻 알아보고 날 인도하여
알려주니 새로운 것 알게 되고
그 앎이 늘 즐겁고 좋은 날 되어 이어지고
나 날마다 희망찬 날 생각해 본다.

부엌 사랑의 밥상

옆 허전하여 잠에서 깨어보니 방바닥이 따뜻하다
또 잠이 스르르 오면 달콤한 꿈에서 화들짝
일어나면 어느새 나의 각시는 불을 때고

소리 나는 반찬은 아니 만들고 다듬기만 하였네
나 일어나니 또닥또닥 칼질하며 반찬을 만든다
나는 얼찐 수줍게 밥솥에 불 조정을 하면

소반 위에 맛난 반찬에 뜸 든 솥 바라보며
빙그레 웃는다 뜸 잘들었다 하는 것 같다
소반小盤 위에 밥 반찬 그리고 사랑과

웃음 가득한 소반을 들고 들어가
김이 모락모락 나는 밥숟가락에
반찬 하나 올려 고운 임 입에 넣어주니
작은 것에 마냥 행복해지니 목 씌운다

밥 지을 때 불을 때니 불꽃이 피어오르면
아내는 쌀을 씻어 검은 솥에 넣고 불 조정을
하면서 반찬을 만들고 소반小盤 위에 차려 놓으면
소반을 들고 들어가서 마음 예쁜 입에 한 수저
넣어주면 빙그레 웃는다. 그것이 행복幸福인 것을...

4부

農事

농사

까부는 키

가을에 도리깨로 타작을 하고 나면
섶은 걷어내고 낟알과 북더기가 한 더미
울 엄마 머리에 흰 수건 쪽지어 두르시고

키로 까불면 북더기는 날아가고 알곡만
가마니에 채운다
아버지 그 알곡 그릇 들여놓으시며

올해의 수확 결과에 인정하시며
피워 놓았던 햇불을 접고 방에 들어가시면
어머니는 요술쟁이 어느새 밥상에

겨울 김치 썰어 담고 가을 뭇국에
상 받아라 우리 식솔 둘러앉고 아버지
酒 한사발에 약간의 한숨 지으시면

울 엄마 한여름 고생한 아버지
바라보시고 피식 얼굴에 담으시네

✒

내년 농사 걱정을 안고 잠자리에 드신다.
이렇게 우리를 길러 주셔서
고맙습니다. 감사합니다.

우리의 연약한 과거에 이렇게 큰 희망 없이
한 해를 보내고 또 보내니 그 속에서 공장, 회사,
정치, 사회, 조금씩 발전하여 선진 대열에 드려
놓았는데 사회는 크게 발전이 없으니 그 큰 터전
일구어낸 우리 힘없이 퇴색되는 것 같아 좀 쓸쓸
하다.

한 낮가리 슬픈 가을에

둥근달은 떴는데 으스름한
저녁에 볏 가리 조이 가리

눈으로 세어 보시네
여름에 말려 놓은

대추 주름처럼
깊게 패인 검은 아버지의얼굴로

바라보시며 아버지
밝지 않은 표정

또
식솔들 생각하시나 보다.

탈곡기로 탈곡하려면 가리로 쌓아 놓으면 빨리
마른다.
그 가리를 바라 보신다.
아버지 움푹 패인 얼굴로 또 세월에 물어보신다.
명년엔 하시고 또 속아보려 농사 준비하신다.

서덜밭

버려진 서덜땅 일구려니
돌돌 돌이다 다행히
바위는 없다 따비로 일구어

쌍겨리 소로 밭을 갈아볼
밭으로 만들려

돌담을 만들고 쌓는다
돌담을 만들면 밭은
절로 만들어진다

그 밭의 흙은 곡식이
자라게 좋은 기름진 밭이 된다
이미 내 마음에 부자가 되어 있다

흘러간 그 세월의 추억

밭 만들어 보려는 나그네, 지질학자 같다.
서덜을 눈으로 바라보며 결심을 한다.
아 저 서덜은 박힌 돌은 없는 돌이다. 알아보고
결심을 한다. 지진으로 자연적으로 옮겨진
돌이라고 생각 하나 보다.
우리네 선조님들 다들 그렇게 밭을 일구며 땅
만들고 농사의 기반을 만들어 놓으셨다.

홀씨

한여름 꽃이 피고 꽃이 지니
가을이 되어

다음 번식을 위해 더부룩이 날아간다
자동으로 어디선가

또 발아가 되어 가을에 또 날려 보낸다

참으로 궁금한 것은 그 홀씨
씨앗이 좋아하는

땅에서 자란다 그럼 그
홀씨가 날면서

그 씨앗이 자랄 수 있는
땅으로 날아 찾아가려나?

✒

가을이면 열매가 더부룩이 바람에 씨앗을 싣고
날아가 그곳에 이듬해에 그 씨앗이 발아되어 자란다.
자연의 이치는 참으로 묘하다. 그 씨앗이 나르며
좋아하는 대지에 안착하는지 궁금하다.

비가 내린다네 내일은

내일은 비 내린다
소리 상자에서 나오면

온통 비 생각한다

애타는 농부
비 내리면 가뭄에 콩 나오겠지

비 설거지 못한 것
지붕에 비 새는 것 확인해야지

논에 빗물 들어가게
도랑 쳐야지 비는 우리와 공생한다

저 비는 참으로 많은 것을
우리에게 안긴다.

흘러간 그 세월의 추억

비 내린다고 하면 갑자기 바쁘다 우산도 챙기고
비 설거지해야 하고 비 맞으면 안 되는 것부터
챙기고 빗물을 이용한 모도 심고 콩도 싹을 틔운다.

5부

關係

관계

접으니 작아지고 커지네

이불을 접어 개니 작아지고
방은 커지네

나쁜 마음 접으니
좋은 마음 커지네

과욕 접으니
여유 생기고 풍요 마음 커지네

미운 마음 접으니
사랑 마음 커지네

접으면 작아지고
마음 여유 커지네

흘러간 그 세월의 추억

접어두는 마음을 늘 연습하여 우리가 살아가는데
무거운 생각과 근심하는 것 가슴에 두지 말고
털어버리고 털어버리면 반대로 풍요와 여유가
생겨서 마음이 가벼워 모든 마음이 맑아지네

평미레

말이나 됫박 위에 곡식을
가득 올리고 평미레로
싹 깎는다
말 됫박에 쌀이 가득 올리면

기분이 무척 좋은데
평미레로 싹 밀면
가슴이 아리다 우리가 쌀을 팔러 가면
싸전 주인은 말을 바닥에 쿵쿵쿵

서너 번 구르고 손으로
평미레질한다
그러면 한 줌 쌀이 더 들어간다
불공평한 됫박말질

어느 날 곡식을 무게로 값이 정해진다
참으로 공정하다

싸전의 못된 짓 쌀을 사러 가면 일단 쌀을
일등품이라 자랑을 늘어놓는다. 말을 뉘어놓고
쌀을 퍼 올린다. 그리고 보기 좋게 쌀을 가득
올린다. 그리고 평미레로 싹 밀어낸다.
반대로 쌀은 팔러 가면 험담하고 값을 깎아서
간단한 흥정 후 팔려면 팔고 하며 약호를 주어
우리는 돈이 필요하니 '사세요' 하면 말을 뉘여
손으로 밀어 담고 손으로 올린 후 바닥에 쿵쿵쿵
바닥에 울리면 한 줌 쌀이 더 들어간다.
그래서 싸전은 돈이 항상 흐른다 그러면 우리는
싸전 주인에게 아첨한다. 그러면 싸전 주인
거들먹거린다.

추석 전날에

우리 동네에는
추석 전날
청년은 섶다리 놓고

여인과 노인은
읍내 나가는 길가
풀을 베고 깎고

도랑 치고 도랑 내고
집에 들어서면
검은 가마솥에는

김이 물씬 풍기는
송편을 찐다
그 송편 한 그릇 세며 먹고

주변에 나가면
그 송편 눈에서 또 생각
그 송편 그린다

회의는 없어도 이장님 청년회장에게 섶다리 뛰를
넓적하게 떠서 다리 위에 덮으면 목다리 완성하고
낮은 곳은 섬돌 다리를 놓으면 동네 최고 연장이신
분이 건너시면 그게 준공이며 연약한 아낙과 노인
어린 학생은 읍내 가는 길에 풀 깎고 도랑 치고
도랑 내고 집에 들어서면 송편이 뿌연 수증기를
내고 익으면 송편 한 그릇 먹고 마실 나가 있으면
그 송편 또 눈에 어린다.

성함成咸

모든 것을 이루고
다 얻었다
다 가지고 나면

편안해지고 마냥 행복하고
즐거움만 가득할 것이라
믿었는데

이제는 더 좋고 큰 만족을 찾으려
안갯속으로 들어간다
아 이것이 다였구나

이제 깨닫고 더 허무하구나
다함 다성 감추어지려니
이것이 여기까지로

　　　　　흘러간 그 세월의 추억

우리는 무엇을 찾으려 끝을 모르고 족함도 모르고
모른다. 그래서 또 무엇에 다가서 본다.
족함은 어디에 있을까?
어디에도 없는 것 같다.

갈무리

해 서산에 걸치고
어둠은 깔리고

무사함에 고마움 느끼며
오늘 하던 일

이제 갈무리한다
꼼꼼히 내일을 생각하며

돌아서는 마음 참 가볍다
집 고치고 마당 쓸고 귀한 손님 맞아

고운 딸 듬직 아들
시집 장가 보내어야지

오늘 한 일을 마무리하려 하니 해는 서산에 지고
무사히 갈무리하고 무사함에 고마움 느끼며 집으
로 돌아오니 아들, 딸 반갑게 인사를 하네.
고생하셨다고 내일은 집을 고치고 마당도 깨끗이
쓸고 귀한 손님 맞아 이야기꽃 피우고
딸, 아들 시집과 장가 보내어야지.

장래쌀

곡식 거두어들여
광에 넣고 보면
일 년을 어찌 살아갈까

한숨에 한이 서린다
나의 꿈은 흰 쌀밥 실컷
먹는 소박한 꿈을 가진다

새년에 유월이면 먹을 것 없으니
동네의 갑부를 찾아가 쌀 두어 가마니
꾸어 달라하면 도장 찍기 참 힘들다.

집에 와 농사를 지어 그해 가을
시월 초에 한 가마 더하여 그 집
창고에 넣고 몇 번이고 고맙다고 인사를 한다

홀러간 그 세월의 추억

참 이자 많기도
하였는데 꾸는 자의 서러움
빈貧을 결심決心하지만 방법이 없다

한해 농사에 결과는 너무나 연약軟弱하여 일 년을
살아가기가 너무나 어려웠다.
조금만 여유 있었으면 그렇게 쌀을 꾸어주고 엄청
난 장래쌀 놀이를 하였을 것을 그러나 그것은
너무나 어려운 문제였다. 가난을 벗으려 열심히
노력하며 살아오다 보니 나의 소망을 이루었다.
흰 쌀밥 실컷 먹는 것을...

사립문

사립문 안에는 무엇이 있는지
바라보면 다 보인다

사립문 안에는 무엇이 존재하는지
보는 이들은 각각의 생각을 짧게 한다

다 보이니
그래서 사립문은 정겹다

나도 사립문처럼 보여야지
생각은 짧아도 다 보이니

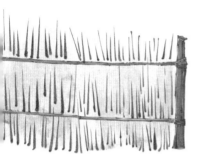

대살 같은 것 나무를 성글게 제작하여 울을
둘리고 사립문 달고 나니 우리의 울타리 완성
되어 마음이 놓인다.
모든 이들은 사립문을 다 보지만 나는 마음 든든하다.
말은 안 해도 나의 모든 것 다 보여주는 것 같다.

그림자

해와 달 지고 나면

그림자같이 사라지고

임은 그림자 보이지 않는데

너의 그 아름다운 마음의 그림자

마음속에 새기고 새기네

흘러간 그 세월의 추억

같이 따라간다는 그림자 해와 달,
그 불빛에 생긴 그림자.
그 물체 사라지면 그림자 따라가는데 너의 그
그림자 꿈속에서도 생기는 것, 너 나의 그림자

손짓과 손편지

반가워 넘어 질듯 길게 뻗은
손짓에 웃고 웃으며

잘 가오 잘 있소 손짓
서운함에 울고 웃고

손짓에 희망과 그리움
삶의 욕망이 생기고

또 그 모습 기다린다
발자국 소리라도

나는 이제 안부 묻고
전하려 한다 잘계신가 하고

반가움, 손짓하는 손 더 멀리 뻗어 손짓한다.
얼굴과 눈도 함께 그윽함 함께 한다.
반가움 잠시 하고 작별의 손짓에 아쉬움 가득
남기고 떠나니 이제 상세히 편지片紙 보내려 한다.
이제는 감정感情을 듬뿍 담아 보내려 한다.

걷는 길 어느새

기적소리 들려도 걷는다
기적의 몸 되려 하니 가볍다

빵빵소리 들려도 걷는다
맑아지는 소리 몸속에서 빵소리 듣는다

홀로 걷는다 많은 생각하며
걸으니 어느새 이곳에 도착하고 나니 즐겁다

되돌아가는 길도 또 그런다
가벼워지는 발걸음

걷는 것은 우리들 몸을 튼튼하게 하는 대표적인
것 같다. 전철은 같이 가자고 기적을 울리며
다가온다.

그래도 나는 걷는다. 걸으면 3,000보 걸으면
약 15분 소요된다. 걸으며 무엇을 생각하면
모든 것을 거의 긍정적으로 생각하게 된다.
반환점에 도착하면 순조롭게 생각하게 되고
그렇게 하려고 한다.

정부에서도 건강健康한 국민을 원하니 여러 가지
도움도 준다. 걸어보면 처음에는 20분 걷는 것도
힘이 들어서 다음은 걷기 싫다. 그러나 여러 차례
하다 보면 어느새 조그만 거리는 걸으려 한다.

속이기

이제 내 나이 속이려 한다
그러하니 상대는 다 속는다

나도 속는다
속아 주는 줄 모르고

속아 주는 저 아름다운 임
짧은 속임 나는 또

속이려 한다 속아 주는
저 님도 즐거워한다

나도 속아 주어야지
진실의 속임을

어린 나이에는 나이를 늘리려 하여 앞선
성장함을 알리려 하고 어느 정도 나이가 들면
나이를 줄이려 하여 말을 한다.
나이는 주려 보지만 몸에는 다 보인다.

심수수

우연 속에 자연히
가슴속 보여 주니
너의 가슴속 우연히 보게 되니

임에 임한 사랑 믿음
고귀함 다 함이니
아 너의 그 마음

고이고이 간직하리니
이 삶이 짧을까 아쉬움 가득히 남네

누구나 우연히 만나니 자연스럽게 가까이 가게 된다.
모든 것 보고 알게 되면 자연스럽게 고이고이
간직하고픈 생각에 젖어 든다. 그리고 이대로
오래도록 영원히 가리라 나 자신과 언약한다.

슬픈 항아

나 부모님 떨어져 항아가
되라 하네

별과 달에 가서 예쁘게 살으라
하는 줄 알았네
집에도 마음대로 내려오고

궁궐 같은 곳으로 들어간다
들어가 보니 궁궐이다
하나에 메어있는 끈 같이

당기면 오고 가고 그 끈
풀 수 없고 풀면 아니 된다

허상虛像같은 한 사람을 위하여
존재하니 아 아 한이 서린다

그 철없는 아이는 지금도 그 동자
모습으로 기다릴 터인데

항아 생활을 수년 수업하여 모든 것을 조속 시키고
궁녀가 된다. 그 많은 항아가 허상虛像을 위하여
평생을 살아간다. 한 서런 한평생을 마감한다.
그 어릴 적 색시 신랑 하자던 두 꼬마들, 그 신랑
꼬마는 어찌하나

승기

월부터 금까지 너에 실려 일터로 나간다
약속은 정확히 고마워 변함이 없으니

그다음 날 나 기차로 고운 임 반가움 그리며
너에게 실려 가니 많이 더디게 느끼네

반가운 얼굴 성급히 그린다
오늘은 저 산과 바다가
손짓하여 열차에 나의 몸 마음 너에 실려 간다

좁은 길 지나니 아 저 산 강 바다
바라보며 내일을 또 그린다

흘러간 그 세월의 추억

모든 시민들 전철을 타고 월요일에서 금요일까지
직장에 나간다.

이 전철은 시위 때 아니면 거의 시간이 정확하게
운행하여 상대방에 약속約束지키게 해서 전철에
늘 고맙게 생각한다.

5일 일하면서 토요일 열차를 타고 반가운 친구 지인
여러 일들을 보려 나선다. 특히 아주 반가운 이를
만나러 가는 날에는 기차가 더디게 달려간다고
느낀다. 반가운 사람 만나면 또 약속을 한다.

어디로 가자고 돌아오면서 몇 호선 열차를 타고
어디서 내리고 그림을 그리며 다음날 다시
반가운 사람들과 산과 강과 바다로 간다.

돌아오면서 또 내일을 그린다.

나의 마음은

아주 가까이 지나면 닿을까
걱정하며 지난다

우리 아니 나의 마음은
어느새 너의 곁으로

언제나 오려나 기다림 속에
밤하늘 수많은 별들

너의 별 나 정하고
아쉬움 가득하니

그 별 떨어져 나의
마음속으로

어느새 기다림 망설임 없이
깊이 다가와 있네

자동차는 서로 닮을까 경계하며 지난다.
나 어느새 너의 마음속으로 스며들고 있다.
스며든 이 마음 하늘에 별로 정하니 만나지는
못해도 그리움에 날마다 바라보니 별똥별 나에게
떨어진다.

나의 인생길

어여 가라 밀어주는 이 없어도
어여 와라 손짓 없어도

문턱에 문 열릴까
문 굳게 밀어 닫고

또 어느새 문턱 흔적이 남아
저절로 밖이 보이고

나 손꼽아 바라보니
한 손의 손가락 모자라고

한 손 손가락 다 펼칠까
두려워지고 가네

흘러간 그 세월의 추억

어서 가라 밀지도 않고 어여 오라 손짓 없어도
흘러 흘러 이렇게 여기까지였네.
따뜻한 어느 봄날 아지랑이 보일 듯 말 듯 오르는
것을 나 이제 알았네.
따뜻함을 안기려는 것을

어제와 오늘

어제의 하루는 곁을 얻으려 간다
오늘은 깊음 심어 받아드니

우리의 삶이었네
화려하지도 않은 삶의 흔적

그 흔적은 타인의 공로였네
웃음을 이제 알고 나니

더 값지게 살아온 삶
더욱더 빛을 내는 삶 언제까지나
하려 하다

흘러간 그 세월의 추억

지난 어제까지는 모르고 살아왔네.
오늘 생각해 보니 그것이 행복이었네.
어제, 오늘 이 행복은 너의 뜻이었네.

저 나무는

씨앗 한 알 한 바람에 날아 이곳에
앉더니 이제 이 땅에
묻혀 싹 틔우고

뿌리 내리니 이 나무에
역사는 시작된다
조그마한 희망을 가지고

얼마 있으니 조그마한 그늘에
이제는 같이 가는가 하더니
어느새 저 큰 그늘에 바람까지도

백여 년 이 나무는 우리의
역사를 다 알고 있으리라 이 나무에
얼마나 지났소 하니

지난해 폭풍 바람에 눈의 무게에
잘려진 동그라미 보인다

굳건히 묵묵히 우리 곁에 있는
저 많은 나무들 참으로 소중한 나무
땔감도 주고 집도 짓고 그늘도

바람도 막아 주고 고마워 존댓말 쓰고 싶은데
나 혼자라도 고맙습니다 존댓말 쓰고 싶다
나무가 없는 대지는 가난하다
나무가 많은 지地 부富이더라

나무가 없는 산과 들에는 황망遑忙하다.

나무가 우거진 여유를 느끼며 즐거운 기운이 감돈다.

누구나 나무에 대해 이야기한다.

즐거워 한다고 이구동성異口同聲 말 마음을 모은다.

흘러간 그 세월의 추억

6부

友情

우정

두 손 겹친 정

한 손 닮은 손
잠시 얼마이더니

두 손 모아 겹친 손 오래도록
이 깊음 영원히
감정 마음에 저리며

어느 날 어느 날 그 깊은 정
가슴속 더위도 추위도
그 감정感情에 젖는다

어렵고 힘든 수술 마치고 나니 견디기 힘듦에
이른 새벽 한 시에 견디기 힘들어하는 나를 말없이
한 손을 내 손등에 이어서 또 한 손 겹쳐 얹으니
그 온정 전율이 오더니 나 그 온정 영원히
간직하리라.

손톱과 봉숭아

접시꽃에 봉숭아꽃
듬뿍 따다 담아

곱디고운 임
손등 살포시 만지며

하이얀 손끝에
지움 없는 봉숭아 물들여

늘 마음으로 간직
하려 마음에 깊이 담는다

사랑의 상징인 봉숭아 물들이기, 그리움 애틋한 그
무슨 마음일지 의문이지만 봉숭아꽃을 보면 꽃보다
손톱에 물들이는 것이 먼저 생각에 젖는다.

참 좋은 모양과 소리

빙그레 웃는다
저러한 모습으로 웃으면

다 저렇게
좋아 보일까?

웃음소리는 더 즐겁게
들린다

나도 저렇게 빙그레 소리 내여
웃어본다

지나는 이들도
빙그레 웃는다

주변이 다 즐겁다
웃는 것은 하루 이상 즐겁다

웃는 모습은 누가 보아도 좋아 보인다.
웃는 것 보면 다 용서와 포용包容이 된다.
웃는 것도 연습하면 자연스럽게 웃는다.
억지로 웃는 것보다 늘 웃고 살고 있듯이 웃는다.
나는 오늘도

너의 생각에

나는 너를 생각한다
너의 그 아름다운 눈을 보면
눈에 대한 생각과 마음

그리고
너의 손짓 그 뜻에 마음을
그리며

그러한 모습으로 나도
옮겨온다
잠을 자려 누우면

그다음 날 무엇을 해야지 생각에
나는 벌써 성공하였다

엊저녁 꿈에서도 너의 환하게 빙그레 웃음의
모습에

더 좋은 표현 없을 만큼
생각에 젖어든다

누우면 하루의 생각과 내일 일어나면 아침에 무슨
일을 할까 하는 생각에 상대에게 늘 공손한 예의
지닌 말과 행동을 하여야 한다고 마음먹으며
하루를 시작한다.
그러면 벌써 성공하였다고 본다.

사진과 마음

무슨 사진 찍을까

너는 겉 찍고

나는 마음 찍고

겉은 한번 찍으니

겉이 남고

마음의 사진을 찍으니

사랑의 관계의 믿음이 남았네

흘러간 그 세월의 추억

깊이 간직하고 싶은 마음과 생각에 겉을 찍는
사진은 쉬우나 마음을 찍는 것은 오랜 시간과
세월歲月이 흘러가면은...

크기의 웃음

작은 이야기 무표정에
웃는다 목젖이 보이도록

나 또 착각한다 내 말이 좋았나 즐겁나 하고
언제나 그렇게 웃음으로 상대에게

웃음 선물을 준다 참 즐겁다
어느새 나 그 웃음에 가까이 물들어 있고

나 웃고 있네 혼자서도 그 생각에
웃는다 웃는 그 임 또 만나러 가야지

보면 오늘도 웃는다.

빙그레 웃음 가득 머금고 있다가 조금 더 있으면
목젖이 보이도록 웃는다.

나 착각한다. 내가 하는 모든 게 웃음이 묻어있나
했더니 다 웃는다.

보면 오늘도 반갑다.

어느새 나 그 웃음에 스며 들어 있네.

혼자도 그 생각에 빙그레 웃다가 크게 웃음 온다.

그리움

너무나 그리움에 크게 볼러본다
어디 어디에 있느냐고

무어라 희미하게 들려온다
다시 가슴으로 불러 본다

메아리 애절한 절규만 들리네
기다리라며

말과 가슴으로 불러 보아도
대답은 다 들려주네

나 다시 불러본다 꼭 만나고 싶다고
애절한 희망의 노래로

답하라고 애원해 바꾸어 불러도
메아리 타고 가슴에 닿네

흘러간 그 세월의 추억

무엇을 바란다, 원한다고 가슴을 열고 불러본다.
희미한 답 들려온다. 여러 가지 뜻을 드리운 채
들려온 답을 받아들여지고 그렇게 또 원함이
있으면 불러 본다. 희미한 답 들려온다.
각자의 가슴으로 마음 정한다.

부절의 인연因緣

비익조에
비유하여 견주니

우리는 더 좋은 인연 감히
부절이라 하네

말은 아니 하여도
그냥 망설임 없고 없다

무작정 당신이 좋다
수천 일 지나도 또 수천 일 준비한다.

그냥저냥 무심코 시간은 흐르고 또 흘러가도
믿음에 깊이 물들어 가고 이제는 하나라 한다.
무엇이 더 좋으랴. 더 좋은 일 찾지 못하고 찾을
필요성 없으니 항시 마음은 풍요豊饒롭다.

7부

푸 념

향수

언덕마루에 올라서면
작은 마을 논골이 내려다보이고
조금 걸으면 또 작은 고개에서 내려다보면
강물이 흐르고
한걸음에 내려가면 옹기종기 작은 마을에서는
나를 보고 다 반기며 웃음 준다.

가을 추석 전날에 놓은
좁은 목교로
삼 동네가 이어진다.
다리를 건너면 얼지 않는 샘이 솟는다.
동네 아낙들은 두렁이 치마를 입고

등에는 두어 살 어린아이를 업고
빨래를 한다.
아이는 코가 나와 말라서 허옇게
말라붙어 있고 아기는 참다못해

등에서 쉬를 한다.
아기의 쉬가 엄마의 등 뒤에서 김이
모락모락 오른다.

그렇게 살아가며 키운 그 자식 놈들 출세하였
다고
그 빨래터에서 자랑에 그 엄마 힘이 솟는다.
그렇게 유년 시절을 보낸 줄도 모르고
출세한 자식놈이라
그 어머니 보태어 자식 자랑을 한다.

어느 날 그 집을 지나다 보니 큰소리
나길레 들어보니 무엇을 한다고
뒤 텃밭 팔아 달란다 아버지는 연신
독한 봉초 담배 신문지에 말아 피워물고
큰 기침하시고 어머니는 그러자 하신다.
팔아간 자식놈 바쁘다고 발길 뚝한다.

그러한 어머니 아버지 변변히 병원 한번
못 가시고 무슨 병인지 모르고

초상이 난다.
전답 팔아간 자식놈
아니오니 참다못한 동네 말꾼들
이제는 지내자며 곳집문 열리니 상여가 도착한다.

동네 사람들 내 서러움에 다들 눈물바다다.
팔아간 자식놈 그해 추석에 와서 목놓아 운다.
어이 조금 더 못 기다려 주시지 못하고 무슨 통
곡을 한다.
동네 사람들 이제 그만 하게나 한다.
동네 사람들 다들 안다는 눈치다.

가식의 눈물을
자식놈 동네에 막걸리
한 말 받아서 한 잔씩 따르면
말꾼 사람들 이제는 잘하고 살게나 자주 오고
참으로 너그럽고 깊은 말씀 그 자식놈 막걸리
한 사발에 힘을 주며 한잔 받아 마신다.
그 자식 아침에 집을 나서며 어머니 나 할 도리
다했다 하며 그 두 고개를 넘어간다.

흘러간 그 세월의 추억

사랑방에서의 노름판

　말로 상대를 현혹시킨다. 그러면 상대는 현혹
당한다.

　판돈은 거의 몇백만 원 정도로 생각된다. 그
러나 그 돈은 온 식솔이 일 년 동안 열심히 농
사지은 돈이다. 이 돈은 올겨울 식솔이 먹고 내
년 농사를 지어야 하는 돈이다. 그러한 돈을 하
룻저녁에 다 잃는다. 또 누구는 소·돼지를 팔아
대학등록금을 다 잃는다. 자녀의 평생 삶의 배
움에 돈을 하루에 잃는다. 나는 시키는 대로 호
야 유리를 닦고 기름을 넣고 해준다. 그러면 아
마도 50환을 받은 것 같다. 새벽녘이 되면 또
깨워서 불을 좀 때라고 한다.

　또 50환을 준다. 나는 그 돈으로 무엇을 사야
지 생각하며 좋아하였다. 윗목에 물그릇이 꽁
꽁 얼어도 담배 연기 자욱하게 피워대고 춥지
도 않은지 눈은 벌겋게 충혈되고 노름판 파할

무렵이면 여지없이 타짜가 돈은 다 따고 나머지는 다 잃었다. 한숨 소리에 방을 나선다.

　호구들 집에 들어가면 살림살이 다 부수고 어머니는 밧줄 찾는다. 결국에는 우리 어머니 그래도 할 수 없이 자식들 생각에 참고 허리띠 졸라매신다. 돈을 딴 타짜는 그 돈을 유흥비로 다 날리고 또 호구들 찾아 나선다. 이제 고희古稀에 그 육십 년 전 그 일들이 지금도 내 머리에 맴돌고 있다.

　그 옛날 일들을 다들 후회後悔하다가 세상을 하직하지 않았나. 아련하다. 그리고 가슴 아프다. 그 어머니들의 삶이 어느 날
밤의 나의 연가戀歌 들어 주세요.

흘러간 그 세월의 추억

초판 1쇄 인쇄 2024년 08월 26일
초판 1쇄 발행 2024년 09월 02일
지은이 김종복

펴낸이 김양수

책임편집 이정은
교정교열 연유나

펴낸곳 도서출판 맑은샘
출판등록 제2012-000035
주소 경기도 고양시 일산서구 중앙로 1456 서현프라자 604호
전화 031) 906-5006
팩스 031) 906-5079
홈페이지 www.booksam.kr
블로그 http://blog.naver.com/okbook1234
페이스북 facebook.com/booksam.kr
이메일 okbook1234@naver.com

ISBN 979-11-5778-661-9 (03800)

맑은샘, 휴앤스토리 브랜드와 함께하는 출판사입니다.